白い一角獣　目次

装幀　片岡忠彦

歌集

白い一角獣

井ヶ田弘美

潮目

釣りし魚放す人おり水の面に命はひかりかすかな音のす

人生も心も流れも潮目あり釣り人は待つ広き河口に

弓形に釣り糸飛ばす少年の四肢海光にきりりとしまる

しがらみのようなフジツボ重くつけ船は出でゆくはろかの海へ

女波男波くずれてはまた角《つの》だちて悔いたることがまたよみがえる

波打ちて坂を流るる足元の雨を眼に追う　やりすごさんか

クマンバチ水桶の中に死ぬ秋の空つきぬけてどこまでも碧

縛られて囚われのごとき菊叢を解けば光の秋あふれだす

地下鉄の路線図さながら樹々の根の地中の繁茂を思いていたり

失速の日々の危うさ漕ぎはずし空回りするふたつのペダル

自転車の風にひらめく思惟ひとつ深めるようにペダル踏み込む

荒草を吹き割る野分けの強さもて言わんとしたり夢の中にて

われにはやなき黒髪の重さなり夕顔の巻しずかに閉ざす

二筋の洗面台の黒き髪濡れてひかれり素描のごとし

遠近の眼鏡離せぬ日々にしてレンズの曇りのなかにいたき日

人生を見るごと楕円のラグビーのボールは思わぬ方へころがる

ネパール

平手打ちされたり機窓に迫りくるアンナプルナ峰蒼穹《そら》に響めり

フランス隊三度失敗せしというニルギリは永遠に人こばむべし

心根の枯れしと日本を去りし人ムスタンに「コシヒカリ」稔らせ

暗き土間覗けばあかがね鎚に打つムスタン男のまなこ笑いき

ムスタンにヒマラヤ見つつ碁を打てる仙のごとしも八十《やそ》翁ふたり

ネパールは人力頼り神頼り日々合掌す肉刺《まめ》かたき掌が

待つことが常なる国のネパールはゆっくりのんびり《ビスタリビスタリ》われにそっくり

うずくまる瘦せ野良犬《のら》ばかりのカトマンズ動物狂いのわれには辛し

何を思い振り向くならん雑踏に振り向く人いて茫たる眼

ムスタンの飛行場にも兵のいて山羊・馬よぎる銃口の先

諏訪の地

諏訪の地に千頭の馬徴発と知れば全土の馬のはるけさ

海軍の自由闊達な叔父なれば英霊になど・・・と思いいるやも

写しえの白き制服の吾子を撫で独り言ちたる祖母も遙かなり

なつかしき思い出持つは祖父母まで祖霊はろばろと墓誌に訪いつつ

祖を訪える傳通院に千姫や千樫と語らう霧雨のなか

ビル群の狭間の空間地底湖のしずけさとなり墓地に雨ふる

父の喪の帯をたたみて二十年母深めゆく老いの後姿《うしろで》

心臓が痛めば母は胸に手をさりげなく当て笑みにまぎらす

母の指

母の掌にわが掌を合わすやや長く細き母の指　雨の病床

続柄「娘」と書き込みさむざむと母の枕辺に夜を明かしたり

片眸《まみ》を閉ざして母が涙ふく齢《よわい》のなみだと言いつつ拭けり

欲はもう何もなかりし飲むさえも母は九十路をひたすら眠る

孫ひ孫絆の林そよぎたつ小康をえたる母の枕辺に

病窓にみれば音なき世の景色人も車もつらなりてゆく

介護士の男《お》の声もあるナースセンターやや華やぐか真夜の疲れは

水瓶

心電図酸素点滴母の部屋氷室の寒さに夜を明かしぬ

水瓶《すいびょう》をかたむけたまえ観世音病みふかき母の乾ける唇《くち》へ

冷蔵庫あくればしーんと薄明かり母の飲食はるかとおのき

母が肌見るたび白くなりている透きて消えゆく気配をおそる

病窓をあくれば雨の音近く樹々のみどりは暗く匂えり

見下ろせる泰山木の白き花仏のうてなのごとく輝く

始め暗く終わりに冥き命とうそのはざま輝きてありしか母よ

桜さくら

亡き母が庭に子の数植えし桜吾は包まるそのはなびらに

母ありし日もなき今も母の庭さくら三昧かえりきたれば

父の忌は桜の季なり魂覚めてわれ見そなわせさくら詠うを

母逝きて母の好みし正信偈母と和すなり夕風の庭

母が命祈りて髪を切らざりし母逝き一年いまだ切れざり

しきり散る薄明の桜並木ゆくながき呪文のごとき空間

冷酒飲む涼冷《すず》え、花冷え、雪冷えと口に合う冷えさがして酔えり

花冷えとう冷えのよろしき冷や酒におびかれ言いぬわがさびしさを

臍ピアス

臍ピアス、メタリックな光を放ち母子の絆の翳ろう臍《ほぞ》なり

電車に座し乙女の臍の目の前にあれば形の優劣思う

戦いの世なればできぬ臍出しルック嘆くなげかず揺れいる我は

くれないは深き影もつ曼珠沙華、バラ科紅薔薇、おみなごの紅《べに》

十人十色をダークスーツに閉じ込めて我の左右に居眠る男の子

貝割れ菜さびしきまでに均一な丈強いられぬ生命《いのち》というは

家ぬちに返事があるは羨しきと咳しつつ媼の声する車内

見つめ合い笑いたのしく手話する子日向の明るさ揺れる電車に

いただきし手作り切り干し抱えれば電車の揺れに日向の香り

断ち切る時間

昼風呂に時間の流れ断ち切りて瞑れば追い焚きのかすかなる音

ガジュマルもテーブル椰子も湯気越しにふるふる揺れつつ枝のばしくる

テーブル椰子の枝葉ひろげる野放図を羨しと見つつバスタブに沈む

陽光と湯気につつまれ裸身揺れ奇妙なる明るさ昼風呂は

モンゴルのうすももいろの岩塩を含めば自在な風恋う我か

たらちねの乳房とならざりしわが乳房しずかに抱え湯船に沈む

思いきり横たうバスタブ湯はあふれわたしの心はやさしくなれる

いま一つ春の葡萄をふふみたり不思議な齟齬を呑み込むように

吐魯番《トルファン》に食みし馬乳子葡萄《マナエズ》　思い出は疲れしこころを曳きゆく入り江

白い一角獣

ホースセラピーうける思いに逢いにゆく馬の目に今日の真蒼《まさお》なる空

別々のもの見る馬の左右の目　左目たしかにわたしを見てる

馬の目の涼しき張りに向きあえば見抜かれているこころのおどみ

馬の耳うしろに倒せる不機嫌をすばやくなおす角砂糖《さとう》に喃語

もう一歩踏み出せぬわが背ぐいと押す馬の鼻づらかかえて撫でる

立て直す折れしこころを知るごとく馬やわらかく胸をおしくる

フーコーの振り子のように長き尾をゆらして馬は早く乗れよと

跨がんと馬の背またも蹴りて打つ短き脚と思いしらさる

アーミッシュの生きの速度に常歩《なみあし》はゆったりゆたゆた馬にまかせて

老いし馬マリノ頑張れ走らねば無用とされる　走ろうマリノ

炎天の乾きたる馬場に水撒かれ湿りし砂に蝶は舞い寄る

ペガソスかイカロスとなるか馬銜《はみ》嚙ませ馬装ととのえし馬へラクレス

隆起する熱き馬体に手をおきて滾る力の欲しと思うも

馬に乗れば直ぐなるこころ走馬灯のごとく流れる緑の樹々が

桃の花咲きさかる林遠見えて吉祥吉事《よごと》のごとき明るさ

見あげれば真白き雲の一角獣どこにでもいていないとリルケは

高千穂

神います高千穂も過疎になりゆくと聞きて眺むる国見ヶ丘に

雲海が湧くとう高千穂あやふやなこの世覆いて雲は盛るか

曲線の美しき棚田も荒れゆくや空き家増えゆく高千穂の村

茅葺きの切り口美《は》しき軒見上げ茅のむかしの呼吸を聞けり

朝闇の槵觸《くしふる》神社怖るるにあらねど古代の闇はただよう

千余年樹の根に護られ湧く水に樹の魂の透きてしずまる

ふる里はここ高千穂の運転手地図になき山の細道をゆく

水牛の美々

石垣島に巨大満月のぼりそめ我らが十の眼動かず

時間とは水牛の歩み竹富島の珊瑚積む垣白き真砂路

狭き道風なく暑く三トンを曳く水牛の〝美々《びび》〟はよろける

車曳き海瀬わたりし水牛の〝武蔵〟撫ずれば太陽《てだ》の熱さよ

水牛は鳴かず怒らず獣の香さびしくはなち車曳くのみ

星の座のわからず南の澄む夜空星は星とし眺むればよし

油団と四幅布団

杳《とお》き日に祖母敷きくれしすずしさの油団《ゆとん》を思う酷暑この夏

風吹けば庭の楓や伽羅の枝誼《よし》みのごとく枝差し交わす

屋敷神、地縛霊さえ喘ぎいむ熱帯夜の庭風死にており

凍らせし柚子削ぎゆけば八月の厨に冬の香りただよう

使うほど美《は》しきあめ色体温を吸いてすずしき和紙の油団は

虚子・犀星詠みし油団のすずしさの遙かなりいまエアコンの風

「だぶちん」と子らに呼ばるる犀星の破顔も怒れる顔もしたしき

庭の緑映し艶めく油団なり昼寝のかたえいつも祖母がいて

気働きいまひとつなる惨めさに祖母の声顕つおまえはおまえ

雨だれに眠れぬ夜ふと懐かしむむかしむかしの夜具の重さを

四幅《よの》布団重きむかしの夜語りの母の声音を思い出しおり

雨に音　いろ　匂いありてながむれば時雨下駄《しぐれげた》履く亡き母が顕つ

蝦蟇口を持つは少なし胸元でぱちりと閉ざせば母の音する

着るほどに心通うと母言いき結城紬の背なのぬくもり

織面《はたづら》に心のむらが出るという上布撫でつつ織りし媼は

献上の博多角帯・兵児帯と衣桁に重し父ありし頃

ちっちゃなポツ

歩みつつ呟けばいつしか歌になる畑のむこうは初冬のひかり

忙しさは暮らし転がすはずみなりお節料理に追わるる歳晩

歳晩の冷蔵庫のなか姦しく押し合いへし合いまだ入ります

蕪ずしその切り口は雪の層ほおばり嚙めば雪きしむ音

米を炊く、テレビ洗濯エアコンとポツ押し事足るポツの多さよ

克巳詠う「丸いちっちゃなポツ」恐ろし核弾頭もまずはポツ押す

※加藤克巳

枝葉とはまっ先に散り折れるもの風吹く世なれば無防備なれば

見極めることの大切いくばくの距離とり活けし百合をながめる

被災

津波・豪雨思えど詠えず額《ぬか》を伏すわれに寄りくる猫を抱きしむ

海は恐きと海知る海人の暗き目がフラッシュバックす　津波映像

万の数字津波がのみし命なり口覆う手のふるえ止まらず

厳寒の罹災避難に耐えるとう北国びとの耐えるしかなく

瓦礫の中瀕死の犬に寄り添える犬ありてああいのちもつもの

津波去り間なく苗木の桃芽吹く孫の形見と媼は嗚咽す

「ふんばれ」と瓦礫の山に看板を立てし魚屋もともに被災者

山の表土は百年で一センチ増え除染で削る一千年を

ひたぶるに見つめあいたり地震《ない》過ぎて話のつづきは逸れたるままに

大揺れにぐし瓦崩れ魔を避ける鬼瓦負けたりふるさとの家

鬼瓦〝睨み返しの瓦〟とうぐしの崩れて泣きいるごとし

感情の臨界

オスプレイ墜落悲惨な映像とともに日本に陸揚げさるる

消えかかるゼブラゾーンを踏む靴の重くてならぬ今日という日は

怒るとう感情の臨界突破してむしろ鎮まる春の夕ぐれ

苦しみに腰がよじれる列島の形とぞ思う日本列島

再利用、可燃と紙の仕分けするなべて仕分けのやまざるこの世

この猫はわれの温石薄氷《うすらい》のはりいる胸にいだきて眠る

これの世の抜け道あまた猫は知る昨日垣より今日樋《とい》くだる

馬は軍馬犬は兵の防寒着猫も襟巻きになっていたはず

父愛でしドーベルマンのヘンケーが軍用犬にと徴発　還らず

苛立ちが速度をはやめ万歩計カシカシわれの怒りを計る

雪の葬

立ちつくす木々の梢に雪降りて遠雷が読経のごとく聞こゆる

下駄履きて神保町までと磊落な小高さんの死　突然の報

うつし世のあなたの世界の広きこと慕われしこと葬は知らしむ

慰めの言葉も出ぬを「ごめんね」と三枝子さんに言うなみだあふれて

空笛《そらぶえ》が聞こえくるごと雪の葬二日でやつれし三枝子さん見まもる

手ずれせしアドレス帳に隠《こも》る死よ繰ればなつかしき友や大叔父

友五人ひそりと話すも入りきれず心は独りコーヒー啜る

友よ

親友はひと生に三人《みたり》その一人亡くして十五年目が過ぎてゆく

真っ直ぐに思い述べくれし友なればわれの痛みに触れくるも快

子規の絶筆三句を友と語りし日思えばふいに泣きたくなりぬ

子規庵の床の間の壁黒ずめり子規のうめきの凝りいるのか

大奥へ美の献上と糸瓜水《しかすい》を痰一斗の子規の欲りしも糸瓜水

子規庵のへちまの苗のほそき蔓生きん生くべしと揺るるさみどり

亡き友のバイオリンの音よみがえる貴女の息吹とわれ言いし音

あなたが逝き親友の輪に穴一つ空いたまま　ずっとそのままでいる

亡き友の形見はエビネ黄とピンク春ごと咲きてあなたは訪いくる

見えざる力

川底の巖の生む渦・急流の見えざるものの力というは

竹竿に漕ぐ船頭の踏んばれる股ひきの藍に飛沫は光る

船底を打つ音はげし長瀞を下れば見えぬ巖の力

下りたる舟はトラックで戻りゆく戻れることの羨しくもある

パラグライダー山峡をぬい札所めぐる媼の茫と見上げておりぬ

揺れているおもいおもいのコスモスのその不揃いの思いたのしむ

宝登山《ほどさん》に葉守の神のおわするやみどりはそよぐ光りをかえし

ロープウェーの太きロープに鴉二羽とまりて覗く宙《ちゅう》ゆくわれを

知らぬ人と言葉を交わす気軽さがこころをほどく宝登山山頂

黒川そして佐渡

雪の香のこもる風韻黒川の王祇の祭りをまたも訪いゆく

五百年斯くしつつ過ぐ黒川の雪に祖と舞う神に捧ぐと

大地踏、神とひとつになりし子の幼き舞が生むじわの波

わが耳はなつかしく聞く「そうだのう」お国ことばのやわらかき友

*

食いだおれ着だおれ佐渡の舞だおれ能舞台二百いまは遙けし

雨乞いの舞せし世阿弥、畑うちて島の人らは謡いて舞いき

梅さくら辛夷水仙いっせいに咲き盛り佐渡はありったけの春

世阿の島短歌の友の巫女棲めり真夏の会《あ》いに海こえてくる

白足袋と茶事遊び

白足袋は左より履けと祖母言いし元朝の足袋の目を射る白さ

足元をまずは正しぬ小鉤かけ足首締まりすがし白足袋

序の舞の白足袋の先はつかにも上がりて生るるふかきしずけさ

霊獣の獅子がいつしか幼な日のコロとなり遊ぶ「石橋」の夢

祖母がつね帯のあいだに物挟みふしぎな場所と幼きわれは

白足袋に革のサンダルと自在なりダミアが日々に履きし白き足袋

発禁となりたる「暗い日曜日」自死を誘うとダミアの歌は

茶事遊び気ごころ知りし友どちら街着の着物もジーンズもいて

切り柄杓に指たて背すじ伸ばしおり笑いの会話聞きつつ点《た》てたり

マンション暮らしは黙礼に終わる日々にして友の世話好き出る幕なしと

名品もがらくたもまたよし茶事の亭主雑の器の景色を愛でる

飲み廻し一座建立お濃茶に人の和《なご》みのふかまりてゆく

一輪の赤き椿の花力しずかな茶室に冬の気はみつ

足早にあゆめば紬の裾われてさやかな音をたてる夕暮れ

乗り遅れたり駅に棲むつばめの家族愛《め》ぐしうれしと見あげておれば

アインシュタインのバイオリン

泥濘に霜のきらめくエスプリのひらめき恋いてひと日はじまる

いっせいに靴先向けくる教室の靴の尖りがみょうにこわくて

リズム感無しのアインシュタインのバイオリン思いて肩の力を抜くか

心身に乱反射するわが疲労脱ぎし衣服にくるみて放る

スタンドを灯せば闇のしりぞきてわたしの小さな居場所ととのう

卓灯に押しやられたる薄闇は家守にひと生の安堵なるらし

地球儀のかしぎ具合のなつかしさ悩むわが頭《ず》を見るごとく見る

モロッコの砂漠の赤き砂こぼれ胸に真夜顕つサハラの夜明け

凹凸の耳の不思議をなぞる癖もの思うとき指は触れゆく

思いつきは小さな花火のごとく消え一瞬の風に桔梗そよげり

ジャン・ジュネの放埒三昧思いおり厨に薬味の葱を切りつつ

われの手抜き知りしも夫は「美味いね」と言いつつ箸を運びておりぬ

コーヒーの盆持ちながらわが足は意外と器用にスリッパ起こす

猿にかも似るとは言わね夫と一杯二杯赤き酒のむ夕べ

飲み過ぎの戒めもあるハムラビの法典よ酔いはあやふやにくる

年々に我慢のしどころ変わりゆく夫婦というは　夫の目と合う

転倒

つまずきて勢う力の制し得ず庭石に顔面強打す夫は

鼻打ちて鼻血とびちるすさまじさうつつぞこの血夫のものなり

頸椎の狭窄もあると夫に言う秋の気みだす医師の言葉は

転倒の夫が強打の庭石の秋陽にかわく血のりを洗う

思わずも普賢菩薩を祈り拭く庭の陶器の白象にも血

半眼に眠りたゆとう夫の手を術後摩りぬさすりやまざる

君の固き足爪はじめてわれは切る保護のシーネに首曲がらねば

ともかくも頭《ず》は無事なるを幸《さち》とせん　固定シーネのま白き固さ

病院ゆ帰りてひとり食む寿司のほろほろ崩るる飯《いい》のはかなさ

テーブルに一椀一皿箸一膳一人というはこういうことか

眠れねば仏陀の涅槃に泣きしもの蛇・虎・小鳥あげつつぞいる

付き添いて診察待つ間の喫茶室気がつけばわが指卓をたたけり

入りゆけば静けさしんと寄せてくる外科待合室に沈黙は充つ

時計の針ゆたにたゆたに　診察を待ちいる人らの視線をあびて

水仙

水脈曳くような水仙の香に嚔《くさめ》して猫の出でゆく歳晩の部屋

ほの暗き歳晩の部屋に水仙の白き霊気のしずかにぞたつ

茂吉詠みし烏枢沙摩《うすさま》は厠の仏つつしみて供える鏡餅

一盞のお屠蘇飲みあうならわしは目下からとうなれば吾から

芹・なずな手元すずしく七草の摘まれることなき原発圏内

春の雪水面にとけて群れひかる白魚となり　さやさやと降る

母編みし赤きミトンに揣いたる五十年前の母の雪舞う

冬ざれに葉叢直ぐ立つ水仙の全身水の器となりて

言わで思う淋しさ多しほろ苦きクレソンの碧口にひろがる

雪の中埋もれ咲きいる水仙にわれわれの気力を問われておりぬ

水瓶座流れておちる水に濡れわたしの二月はいつも凍てつく

庭隅に用途わからぬ大甕の動かぬ重さは自愛のごとし

丈たかく咲く水仙のかかえいる茎の空洞その青き闇

井の闇

わずかなる蕗味噌を舐め一口の地酒にて足る夫の早春

逆立ちの鴨のお尻の流れゆく予報はずれの小春日の川

はこべらの萌ゆるさ庭辺若冲の鶏「かけろ」と鳴くやと思う

コンクリの蓋おく闇に春の水湧くやわが井のいまだすこやか

芹萌ゆる樽に井の水そそぎたり樽に小さく立つ春の風

浚わんと覗く井の闇深くしてなだれ込みゆくこの世の光り

大刀自の祖の声かとも井の闇に語る吾が声ひびわれ聞こゆ

ざわめける心さておき猫どちの三つのトイレの砂の掃除を

木天蓼《またたび》に姿態くねらすわが猫の忘我というは時に羨しく

草がくれ鶯の初音聞こえきて下向く心にさすほの明かり

紫蘇叢を八艘飛びに飛ぶバッタあまた五ミリの命のひかる

紫蘇バジル食みて虫どちの命なれ我は少しをいただきて足る

虫が食み真はだかとなりし梔子にさみどりの芽の澄める力や

午前五時草ひきおれば露草の蒼冴えざえと抜くなと言えり

どくだみの蕊の尖りよ群れて咲くひそけき花の主張と思う

手足なく目もなきミミズの土づくり土中におわす土《ど》公《く》神《じん》様か

タゴールの憂い

来日の百年前のタゴールの日本を憂えし眼差し今に

タゴールの真白き髭のしずかにも動きて大和を恋いつつ叱る

都知事選友ら推す人それぞれで渾沌はこんな身近にもある

共謀罪九条改憲、蟻地獄の砂はさらさらすべり止まずも

水晶の玉のごとくにスピノザのレンズに言論統制の気配

「さん」つけず「大臣」つけず呼び捨てがふさうと政治談義はつづく

将門も藤太も顕てよと太鼓の音千年後《のち》の世にぞ弓引け

叩くとは祈りのごとし大太鼓打ちに打ちたるのち瞑目す

雑巾の絞りの緩さは嫌いゆえ怒りの種を思いてしぼる

廊下の隅百鬼夜行の出入り口活けおく葉桜護符のごと輝る

体からはじきださんか梅雨の鬱まっ赤なトマトをぐいと捥ぎとる

良きときはみじかきものと梅雨寒に佐渡で求めし百合の花咲く

遁走曲《フーガ》聴く豪雨の梅雨のどん底に流るる落葉のごとくにわれは

ビニールにつつまれ届く新聞の一手間思う長梅雨の日々

新聞が新聞紙《かみ》になる早さにて子殺し・刺殺忘られてゆく

パウリスタ

納戸奥落剝はげしき天金の洋書さやれば亡き父が呼ぶ

嫁ぐわれに万年青の鉢を持ちゆけと　父亡きいまも赤々と実は

賓客のごとく万年青の一鉢を捧げ還り来し父を思うも

陶淵明の己が挽歌を詠いたる心のゆくえ思いみれども

団十郎、勘三郎死す〝押し隈〟のひらかぬ眼《まなこ》の奥のほむらよ

パウリスタ銀座最初のコーヒー店龍之介がいる亡き父もいる

風待ちの時間はもはや無き齢《よわい》歩行者天国ただに歩みて

猫と禅師

猫と遊ぶ心ころころ猫となる猫も禅師もわれには同じ

夜半ぬっとわが黒猫のあらわれて家具のすきまの異界へと消ゆ

異界とは人界の外あこがるる吾れ連れゆけよアリスの猫よ

天袋・神棚・屋根にのぼる猫ついには月を見上げておりぬ

一蝶の涅槃図親子の猫のみがまっすぐ見つむるこの世のわれを

選挙カーの濁声の沸き猫の耳わが七月の耳の痺るる

友よりの猫好きわれに『ニャンダフル』鬱の日ひらけば鬱消えてゆく

「にゃんこ堂」さがしつつゆく神保町小高さん思い歩みしずまる

黒猫の毛を逆撫でて手は遊ぶともかく悩みは先送りとす

ひと日

まなぶたのすきまよりみて止めし時計　わたしの今日を刻み始める

髭の朝髭あるままに新聞を読みゆく夫の髭面怒る

「共謀法」思いつつ叩く山椒の葉むせつつ叩く叩きすぎたり

痛みとは秘め事なれば知りいるはわれのみにして痛む膝さする

籐椅子の角度は眠りを誘いきて推理ドラマの犯人《ほし》は知り得ず

秋海棠みずひき揺れて敷石のかたえに馴染みの秋がきている

羽黒蜻蛉その瑠璃色のほそき身のひそひそと飛ぶおぐらき樹下

木々にもある樹相というを思いおり楓やさしく松は意志的

やあ楓しばし共にと言うごとく植木屋は音楽流し刈り込む

ゆっさりと虎猫去りぬ千々に落ちあおむく椿の花ひと嗅ぎし

冷雨《れいう》に濡れ新聞ぐしゃりとこれの世を抱えとどきぬひと日暮れはて

静寂を掻き立てるごと雨脚が音という音飲み込みてゆく

海　よ

光も人も騒立つ浜辺ひとり来て歩めば熱砂に素足が沈む

若き日の海を思いつあららかに帆をあげ風摂《と》り波とせめぎて

傾きを耐えたえてヨットはターンする力の果ての傾きぞよし

ああ海原幾人の顔振り捨てて帆に船脚を駆り立てんかな

「汐湯治」病に良きと江戸の世はこころつくして海水浴びぬ

南海トラフ思いて身震うわれのいる被害想定死者三〇万

忘れない3・11町も野も怒濤の海になりたることを

〝海よかげれ水平線の黝みより〟牧水の歌思いていたり

レイテの海に叔父は死したり水柱たてて沈みし〝武蔵〟は柩

戦艦武蔵の時は止まり深海の闇に崩るるラダー・アンカー

水府流の名手の叔父は〝伸《の》し〟しずかにレイテの海にいまもただよう

うるし屏風の蒔絵の鳥が闇を飛ぶ征きしままなる叔父愛でし鳥

香月見し〈黒い太陽〉叔父もまたレイテの海の底より見しか

終わりなきムンクの叫びあるじなき里にふりつむセシウムの影

見ゆるより見えざるものの恐ろしさ陽炎のなか揺るる原発

「小さじほどの塩」をぬらんと小高氏の反原発のデモの茱萸坂

隊列の警官のなかにもデモをしたいと思う人二、三はあらん

セシウムとう言葉とおのき抜き手きり波越え男の子ら光の海へ

征きて還らぬ叔父の年ごろ輝る肌の若きら浜辺に波間に見つつ

蜂蜜のような夕陽のさす浜にライフセーバーの鋭《と》き声ひびく

むんずと波に引き寄せられしレジ袋ふわり水母となり亀の胃へ

麦藁のストローがいい飲みこみしクジラの胃の腑に日向の温み

ゆく雲よ外房興津おさなき日夏ごと訪いし海を思うも

われにはわれの人にはひとの時間《とき》ながれときにさびしも秋の海原

岩田先生

夜十時電話鳴り師の急逝が「そんなこと、昨日」言葉出でこず

得意のカレーつくりてその夜逝きし師よ厨に残りしカレーが冷える

経帷子厭いし師なり大島の着物まといて息衝けるごと

鏡の中のわれは泣きいる逝きし師を送り来て真珠をはずす夜半

「岩田さん」馬場先生の呼ぶ声が耳にかえり来昨日も今日も

本名も歌人名また戒名も〈岩田正〉なり　簡潔に冴ゆ

師の魂やどる依代《よりしろ》位牌には岩田正の三文字しずか

日没偈誦して過ぎゆく日々なりき俊成の齢《よわい》を生きたまいし師よ

足弱になりしも日々に二〇〇回竹踏みをせし師の気力はも

忘年会遺影に揺るる献杯の一〇〇のグラスと田村氏の声

禅僧の遺偈《ゆいげ》のごとし去りぎわの終《つい》の師の笑み　胸にきざみぬ

悲苦あれば心をしばし冬眠に、耳目塞ぎて思うをやめる

身のうちに時が嵩むと馬場先生咲きさかる椿のきざむ一秒

差し向かい昼餉の卓に話しいる師の目力に弾かれんとす

卯月の萩

桜さくら花首ちぎるすずめどち蜜を吸いては花を放るよ

幼な子がまあるく口開け見あげいるかんまんぼろんじさくらが吹雪く

のみどよりころがりいずる笑い声やわき首そり一歳の歩生《ふう》は

さくら咲き咲いて膨らむ梢よりふくみ笑いが聞こえるような

夕闇に揺れるは春の神経の束のようなる桜の枝垂れ

「何か違う」思いつつする痩せ我慢ふるふる枝垂れ桜は揺るる

卯月に咲く萩めずらしと通るたび眺めしわれがながめられしか

「あげますよ」出できし人の手にゆるる小さき花かげ雲南萩の

雲《うん》といい滇《てん》という雲南の高きがふるさと萩の小花の

萩の枝に文を結びしこともなく七十路を過ぎ萩を植えゆく

地の底にながき時へて澄む水の樹下おぐらき庭の井に湧く

井のわきに御幣が白く風にゆる遠きむかしにわれは呼ばるる

水撒くを見下ろす仔鴉目の蒼し人のこわさをいまだ知らぬ目

雷鳴

メゾピアノ・フォルテと近づく雷鳴を頼もし楽しと雷好きは

雷鳴の頭上にとどろき抜群の音響効果と君は言いたり

イーハトーブにブドリが降らしし雨と施肥　旱魃の世に慈雨は遠しも

戦闘機の爆音よりも雷《らい》のよし制空権を奪い返せよ

戦争のありしこと知らぬ子のふえて戦闘ゲームを楽しんでいる

ファミコンやスマホにうつむき小手先の世界の中に凝りゆく子ら

無数の凧舞いしは江戸なりのびやかな空にも子らの戦いはあり

爪合戦のつわものどもの夢のあと残骸あまた屋根にはりつき

落とし穴草結ぶ罠杳《とお》き日の子らの遊びの激しかりにき

さつきの雷空にこもりてウムウムと呟くごとく遠ざかりゆく

折口信夫之六十五年祭

しめ縄は門辺に庭のたぶの樹に今しあがりぬ春洋の生家

祭壇はたぶの大枝におおわれて孤島のごとくしずまりている

庭は闇家ぬちの灯りにうかぶ樹々幼き春洋が枝をゆするよ

招魂の鎮魂の笛闇にながれ沼空・春洋のかえりくるはや

この世罷りともにかえりきて年々に遠海原の音さびしむらんか

額に痣ありて号したる「靄遠渓《あいえんけい》」迢空の負う思いは深し

迢空の「ほうっ」と言いし口ぐせやため息にひそむ思いのあまた

なんと苦しい癖であろうか歌詠むは「ひとつの癖」といいしは慈円

たぶ一枝炎天の父子の墓の辺の土にさす首垂れてかそけし

汗ぬぐわず岡野先生奏上す墓碑の文字のかげろい揺るる

旅二題

雨えがく湯面《ゆおもて》の波紋つぎつぎと胸によりくる四万《しま》の露天に

亡き母が齢《よわい》の涙と時おりにふきし涙のごとき雨粒

わが皮膚の二か所の縫い目と衝撃はさらさらと歳月にうすれたり

時のながれかかえる「源氏物語《げんじ》」をなぜか思う露天の風呂に夜空を見あげ

光源氏を蹴る朝顔の君、思わず「えらい」と言った若き日遠し

炎熱に散華のごとく雨は降り深々と蟬は鳴きつづけおり

この宿の〈うぬぼれ鏡〉今日だけは美しくたおやかにうつりていたし

腕時計はずして旅の時止めて留守居の夫にまずは土産を

ひさにひさに会いたる真闇大数珠の手すり繰りつつ胎内めぐる

温き真闇大随求菩薩《だいずいぐぼさつ》の胎めぐれば自身の光りを信じてみたい

観音像まろき右足半歩だし人の願いに寄りゆかんとす

観音の乳房ほのかに志功彫りまこと女人を深く愛でいき

御仏の耳はつくづく大きくて肩にぞ揺るるこの世に揺るる

仏みな素足におわすその足に歩むあゆまず怨嗟のこの世を

温め酒

温《ぬく》め酒今日よりと夫の声のおりくる階段に西日のひかり

窓にみる雀色刻《すずめいろどき》捨て鐘のかすかにひびくわが町の良き

落としどころはここなりと夫の声する詰め将棋独り言なり

心もち眉の両はし上をむき夫の一指しひびく盤上

妻の座を少し高める君の好きなボルシチ、タコのマリネをつくり

祖母の手の手秤り母の目分量日々を支えるはかりは吾に

夫作りくれし饂飩に青梗菜《ちんげんさい》刻まず浮かぶもたのしかりけり

わが部屋のドアをあければ真向かいに夫のドアある　この距離がいい

オオミズアオ

オンザロックにたのむ淋しさ口下手のわれと思いぬひと日を終えて

フランベの炎のような華やぎて味ある会話のわれには遠し

赤き月あかき火星を待ちにつつ静かな耳鳴り聞きいるわれは

齟齬となる言葉も黙もいつしかに袋小路にはまるわれなり

口のなきオオミズアオやかげろうを思いつつ華やぐ会話の陰に

知らなくてよいこともある頭《ず》の上を冷房の風ただにすぎゆく

酒のみて憂いをはらいてひと時の砂上楼閣に人は棲まうも

超高層街

海退《しりぞ》き超高層のビル群の虚無のごとき影負う街をゆく

目いっぱい見上げる高層マンションの果てに空ありかすみゆく空

超高層見上げつつゆけばベビーカーとニアミスしたり赤児が笑う

手を振るは少なくなりぬさよならや列車に振りし風の左手《ゆんで》は

街路樹の借りもののごとく佇みてなぜかさみしいあたらしき街

天地の間《あい》　翳おとしいる高層のビル群なおも広がりやまず

ジャックの豆も翼も消えて見あげいるはるか鳥飛ぶ大空《そら》のまほらを

地を踏まえ空截る吊り橋アーチ橋冴えざえとありぬ橋の力学

玻璃窓のわれを無視して飛ぶかもめ意固地の面容つくづくとよき

ガラスビルに青空映り虚の空に吸い込まれんと鳥もわたしも

結局は上へうえへとそしてまた魚追い立て貝を埋《うず》めて

夜空にはタワークレーンの障害灯の林立している東京である

褒めじょうず

褒めらるることなく過ぎし歳月にふと褒めじょうずの亡き母思う

うしないてちかくも遠くもなりてゆく父母《ちちはは》そして師　夜半に目覚めて

語彙もとめ語彙もてあまし啼きながら寄りくる猫の頭《ず》ぽぽんと叩く

〝諾〟という墨跡の字のみ鷗外の葉書の余白の黄ばみしずもる

無心な笑顔、親にお金を無心する　語彙の不思議を考え疲る

われに似てあきらめ上手の猫のジョジョ溜息つけばわれもつくなり

老い猫のばさらとなりし毛並みなり支えて梳けばほーと吐息す

思案の目投げきて何か答えおりこの猫われの愚痴を聞きつつ

折り鶴をときて一枚の白き紙そこが始まり折り目をのばす

星の林

思い出が乱反射するその一つアストロラーベや星語る友

人麻呂は星の林を見上げしがわれは摑みき万座毛の星

星の島・固有種の島・基地の島基地はナチカサン《かなしい》基地をワジユン《いかりぬ》

きらめきはあまりにさびし群青の空に冷えゆく散開星団

辺野古埋める土砂はどこから言いなりのその果ての山原《ヤンバル》の森から

さらんさらんげと詠いし人の沖縄の踊りを思う辺野古をおもう

潮乾珠《しおひのたま》潮盈珠《しおみちのたま》のわたつみは珊瑚もニモもジュゴンも抱きて

満月は母なるちから産卵をうながし珊瑚に月光《つきかげ》そそぐ

宰相がそしらぬかおで粛々と辺野古の海をこき混ぜてゆく

秋天に傷のごとくに黒々と軍用ヘリの二機三機ゆく

仔鴉に生きづらき日々だよねと言えば黒々と身震いをする

角まがりビル風消えたりあの角が風の潮の目、振りかえり見る

アサギマダラと井の水

高尾山キジョランの蔓繁茂して天狗の羽団扇にそよぐ冠毛

蛇瀧・琵琶瀧、瀧行の白衣かすめて冠毛の舞う高尾の師走

冠毛は風にあそばれ水の面へ運不運はここにもありて

アサギマダラ美《は》しきよその子を育てるとキジョランの葉のつややかにして

万葉に八代集にも詠われず蝶の影舞う花冷えの庭

舞う蝶のおのずから遅速たのしむを目に追いわれもと思うこの頃

海こゆるアサギマダラは見下ろすや土砂の坩堝となりたる辺野古

何がある水先人の危うくて波を漕ぎゆくやまとまほろば

蝶の羽もつ妖精よ、夢も時も去りてかえらずさびしく歪む

亀甲花菱の布天井に風の波ゆれて眠れぬ夜の入り口

灯を消して暗渠の闇に横たわるかすかな風は迷路の出口

クーラーのタイマー切るる頃かとも思いつつ眠る生《せい》さびしかり

越えられず波間に幾千の蝶の水脈、真夜の夢なりアサギマダラの

真昼間の闇の納戸に灯をともす付喪神《つくもがみ》らはクーラー嫌い

温暖化、豪雨に熱暑に竜巻に想定外であったというか

蟬しぐれ耳鳴りのごと庭樹々の油照りする葉群れに湧きて

陰樹、陽樹の性《さが》思いつつ龍の髭・羊歯に水やれば水飲みつくす

井の水をつかえばポンプの音のしてちょっと嬉しも近代を聞く

小野篁《たかむら》の冥府への通い路は井戸、六道珍皇寺底見えぬ井戸

これの井は小野篁の井か聞こえくるわが祖の刀自らの水つかう音

武蔵野の「まいまいず井戸」八十娘子《やそおとめ》めぐりつつ降《くだ》り水を汲みしと

井の水を飲むか飲まぬかトリチウム眉間に皺たつ　飲まずにおこう

汚水タンク原発をめぐり増殖す鱗のごとく地に蠢きて

井の水は地底に澄みてしんしんと時を溜めおり　また雨がふる

あとがき

本集は『風の沐浴』につづく私の第二歌集です。十七年という長い歳月が流れました。四百五十首あまり、構成のため多少の入れ替えはありますが、ほぼ編年体で収めてあります。ここ二十年、世界各地で、日本で、自然災害や人為災害また争いが多発、現在も一国の蛮行が行われており、時代の過渡期のように思います。身巡りも岩田正先生、小高賢氏そして母や多くの方との別れがありました。岩田先生には、「そろそろ第二だね」「まだなの」「どうしたの、出さないの」と背中をおして頂きながら、先生のご生前中に上梓を出来なかったことが申し訳なく、悔いのひとつとなりましたが、ようやく辿りつくことが出来ました。

歌集名『白い一角獣』は、乗馬クラブに通い、馬の目の涼しさや心を和ませてくれる馬とのふれあいから生まれました。物心つく前から傍らには犬や猫が複数、兄弟姉妹のように私に寄り添っていました。今でも心折れた時、疲れた時、物言えぬ（いえいえ言えます）彼らの無心な瞳に慰められ励まされます。そして人よりも短い命の死に真向かったとき、自身の年齢を思わずにはいられません。

思いもかけず短歌の世界に踏み入りましたのは、テレビから流れてきた馬場先生の凛とした張りのあるお声と語り口が切っ掛けでした。そのお声は今も少しも変わらず凛と響いてきます。月に数度、先生宅に伺っていましたが、新型コロナの感染が拡大してからは、「一都三県にまたがって来るのだから危ないよ、来なくていいから」とおっしゃって、お声は電話のみ。お聞きすると「ああ、お元気だ」と、ほっとすると共に嬉しくもありました。そして心おどりがあります。先生が『白い一角獣』の帯文をお書き下さいました。心からのお礼を幾重にも申しあげます。この嬉しさを糧に、改めて短歌と向き合い、自分自身とも向き合っていきたいと思っております。

馬場先生には歌のご指導と共に、多くのお教えを頂きました。感謝を申しあげます。「かりん」の諸先輩、仲間、埼玉県の歌人会の方々、そして米川千嘉子様には励ましを、池谷しげみ様には丁寧なアドバイスを頂きました。心よりお礼を申しあげます。

またいつも穏やかに見守ってくれる夫や姉妹に感謝いたします。

出版に際し、角川文化振興財団『短歌』編集部の矢野敦志編集長、ご担当の吉田光宏様にはたいへんお世話になりました。また装幀は片岡忠彦様とのこと、楽しみにしております。あわせて心よりお礼を申しあげます。

二〇二二年八月末日

井ヶ田弘美

著者略歴

井ヶ田弘美（イケダ・ヒロミ）

1989年　「歌林の会」入会　馬場あき子に師事
2005年　第一歌集『風の沐浴』刊行

現代歌人協会会員、日本歌人クラブ会員

〒349-0123
埼玉県蓮田市本町8-4

歌集　白《しろ》い一角獣《いっかくじゅう》

かりん叢書第399篇

初版発行　2022年11月11日

著　者　井ヶ田弘美
発行者　石川一郎
発　行　公益財団法人　角川文化振興財団
〒359-0023　埼玉県所沢市東所沢和田3-31-3
ところざわサクラタウン　角川武蔵野ミュージアム
電話 050-1742-0634
https://www.kadokawa-zaidan.or.jp/
発　売　株式会社 KADOKAWA
〒102-8177　東京都千代田区富士見2-13-3
電話 0570-002-301（ナビダイヤル）
https://www.kadokawa.co.jp/
印刷製本　中央精版印刷株式会社
 ISBN978-4-04-884500-7 C0092